Dedicado a:
Miss Frickey, mi maestra de primer grado en
Syracuse, New York, quien descubrió y alentó mi pasión
por el dibujo.
Herr Krauss, mi maestro de arte en *Gymnasium*, en
Stuttgart, Alemania, quien me introdujo al arte moderno
cuando estaba prohibido hacerlo.
Profesor Schneidler, quien fue una fuente de
inspiración al estudiar diseño gráfico en la *Akademie
der Bildenden Künste*, Stuttgart.

El autor y la editorial agradecen los comentarios de la doctora Marianne
Torbert, directora del Instituto Leonard Gordon para el Desarrollo Humano
a través del Juego, de la Universidad de Temple, en Filadelfia, Pensilvania.

Ann Beneduce, consultora editorial

From Head to Toe
Copyright © 1997 by Eric Carle
Spanish translation copyright © by Harcourt, Inc.
Manufactured in China. All rights reserved.
www.harperchildrens.com
www.eric-carle.com
Library of Congress Cataloging-in-Publication Data
Carle, Eric.
  [From head to toe. Spanish]
  De la cabeza a los pies / Eric Carle.
    p.   cm.
  Summary: Encourages the reader to exercise by following the movements
of various animals; presented in a question and answer format.
  ISBN 0-06-051302-0
  1. Exercise—Juvenile literature.   2. Physical fitness—Juvenile literature.
[1. Exercise.   2. Physical fitness.   3. Questions and answers.   4. Spanish
language materials.]   I. Title.
GV481.C3818   2003   2002024959
613.7'1—dc21
5 6 7 8 9 10
❖
First HarperCollins Edition, 2003

Eric Carle
De la cabeza a los pies

HarperCollinsPublishers

rayo

**Soy un pingüino
y giro la cabeza.**
       ¿Puedes hacerlo tú también?

¡Claro que sí!

Soy una jirafa
y doblo el cuello.
　　¿Puedes hacerlo tú también?

¡Claro que sí!

Soy un búfalo
y alzo los hombros.
    ¿Puedes hacerlo
    tú también?

¡Claro que sí!

**Soy un mono
y saludo con los brazos.
¿Puedes hacerlo
tú también?**

Soy una foca
y aplaudo con las manos.
¿Puedes hacerlo tú también?

¡Claro que sí!

Soy un gorila
y me golpeo el pecho.
¿Puedes hacerlo
tú también?

¡Claro que sí!

Soy un gato
y arqueo la espalda.
¿Puedes hacerlo
tú también?

¡Claro que sí!

Soy un cocodrilo
y meneo las caderas.
¿Puedes hacerlo
tú también?

¡Claro que sí!

**Soy un camello
y doblo las rodillas.
¿Puedes hacerlo tú también?**

¡Claro que sí!

**Soy un burro
y doy patadas.**
        ¿Puedes hacerlo tú también?

¡Claro que sí!

**Soy un elefante
y piso muy fuerte.
¿Puedes hacerlo
tú también?**

¡Claro que sí!

**Yo soy yo
y muevo el dedo
gordo del pie.
¿Puedes hacerlo
tú también?**

¡Claro que sí! ¡Claro que sí!